1

Une fontaine de rêve

– Miam ! fit Cléa Campbell en léchant la cuillère en bois. Le chocolat, c'est ce qu'il y a de meilleur au monde !

Elle était en train de préparer des brownies avec sa mère et son petit frère Lucas.

– Je crois que je n'ai pas bien goûté, déclara Lucas.

Il racla le saladier avec son doigt, qu'il suça avec délice.

– Miam ! Je suis tout à fait d'accord.

– Après avoir englouti autant de pâte crue, je suis sûre que vous n'aurez plus faim pour les brownies, intervint leur mère d'un air malicieux.

– Oh, mais si, ne t'inquiète pas ! s'empressa de répondre Lucas.

Sa sœur gloussa. Elle adorait faire de la pâtisserie dans la cuisine du château. C'était l'une de ses pièces préférées, avec la grosse cuisinière à l'ancienne, la longue table en pin et les casseroles en cuivre suspendues au plafond. On y était au chaud, à l'abri du vent qui rugissait entre les tourelles. Et l'odeur des gâteaux en train de cuire dans le four lui donnait l'eau à la bouche.

– Il fait vraiment un temps horrible, dit Mme Campbell en prenant un plat en argent dans un placard.

–Tante Clarisse en a, de la chance, observa Cléa. Là où elle est, en Inde, il fait sûrement meilleur qu'ici !

Elle tourna les yeux vers la dernière carte postale de sa grand-tante, posée sur le bahut.

Elle représentait un temple indien sous un immense ciel bleu. Clarisse avait écrit :

« Vous me manquez ! J'espère que vous vous plaisez toujours autant dans mon manoir. »

Tante Clarisse était la personne de la famille que Cléa aimait le plus, même si elle ne la voyait pas très souvent. La vieille dame adorait voyager dans des pays exotiques à la recherche d'objets étonnants.

Cette fois, elle était partie pour un tour du monde de deux ans. Et elle avait proposé aux parents de Cléa de s'installer dans son château écossais en son absence. Cléa y passait des moments fantastiques.

Mais le plus extraordinaire, c'était le secret que Clarisse lui avait révélé : un peu partout dans le manoir, des petites princesses étaient cachées, sur un vase, dans le dessin d'un rideau ou d'un tapis. Et, dès que Cléa en découvrait une, elle se trouvait emportée dans une incroyable aventure.

– Je crois que les brownies sont cuits, annonça la mère de Cléa.

Elle sortit la plaque du four, et ses enfants la regardèrent découper la pâte moelleuse en rectangles.

– Et maintenant, Lucas, dit Mme Campbell quand elle eut fini, va te débarbouiller à la salle de bains. J'espère que tu n'as pas mangé autant de chocolat que tu en as sur la figure !

– On devrait peut-être goûter les brownies d'abord, suggéra le petit garçon. Pour vérifier s'ils sont bons !

Sa mère éclata de rire.

– À la salle de bains ! lança-t-elle en lui montrant la porte du doigt. De toute façon, il faut les laisser refroidir.

Lucas fit la moue, déçu.

– Moi, déclara-t-il, je trouve qu'on devrait manger du chocolat tout le temps, c'est dix fois meilleur que les betteraves et les épinards.

Pendant que sa mère entraînait Lucas à l'étage, Cléa entreprit de déposer les brownies sur le plat en argent de tante Clarisse.

Soudain, elle fut frappée par la finesse de sa décoration. Autour du récipient, une joyeuse parade était gravée dans le métal.

Les personnages avaient de curieux habits d'autrefois. Au milieu de la foule se tenait une jeune fille au visage mélancolique, vêtue d'une robe longue, d'un tablier et de sabots.

Cléa se pencha pour mieux voir et sentit les battements de son cœur s'accélérer.

Et si c'était une petite princesse ? Il n'y avait qu'un moyen de le savoir.

Suivant les conseils de tante Clarisse, elle s'inclina profondément tout en fixant la fillette, et murmura :

– Bonjour !

Aussitôt, une légère brise au parfum sucré s'éleva du plateau et s'enroula autour d'elle. Puis Cléa se sentit doucement soulevée de terre et emportée sur un courant d'air tiède.

– Je me demande où je vais me retrouver cette fois-ci ! rêva-t-elle tout haut.

Elle ferma les yeux et des dizaines d'images de ses aventures passées dansèrent dans sa tête.

Quelques secondes plus tard, ses pieds touchèrent le sol. Elle regarda autour d'elle avec curiosité.

Elle était arrivée au milieu d'une place animée, sur laquelle se tenait un marché.

Les gens bavardaient, s'arrêtaient pour examiner les marchandises, achetaient des bouquets de tulipes et de jonquilles.

Cléa fit un pas, qui résonna sur le pavé. Surprise par ce bruit, elle baissa les yeux et vit qu'elle portait des sabots de bois. Elle était vêtue d'une longue robe bleue au col carré parée de rubans, d'un joli tablier blanc et d'un épais châle en laine.

« Voyons si j'arrive à marcher en sabots », pensa-t-elle. Au bout de quelques pas, elle s'aperçut que ce n'était pas si difficile.

Puis elle remarqua sur sa gauche un grand et beau bâtiment. Il était coiffé d'un drôle de toit en forme d'escalier et d'un clocher rond orné d'une horloge.

« C'est peut-être le palais royal ? » songea la fillette.

Maintenant, elle devait absolument trouver la petite princesse du plateau en argent et se présenter à elle.

– Excusez-moi, dit-elle poliment à une vieille dame qui passait. Pouvez-vous me dire quel est ce bâtiment ?

La grand-mère lui sourit :

– Eh bien, mon enfant, c'est l'hôtel de ville de Binche.

Et elle repartit d'un pas pressé, avant que Cléa ait pu lui demander où était le palais, et dans quel pays était Binche.

En se retournant, Cléa repéra au milieu de la place une fille aux longues tresses dorées. Elle se tenait devant la fontaine, essayant sans succès d'actionner la pompe pour remplir son seau.

Cléa courut la rejoindre.

– Bonjour, je peux t'aider ? lui proposa-t-elle. Je m'appelle Cléa.

– Oh, merci, lui répondit l'inconnue, essoufflée. Je voudrais juste boire un peu d'eau !

Elle avait environ le même âge que Cléa. Elle portait elle aussi des sabots et un tablier en dentelle blanche, par-dessus une longue robe rouge framboise.

– Je suis Camille, la princesse de Belgique, ajouta-t-elle.

Cléa lui adressa un grand sourire. Elle avait trouvé sa petite princesse !

Les deux filles unirent leurs forces pour appuyer sur la pompe. C'était plus facile à deux ! Dans un bruit de cascade, un flot de liquide marron se déversa dans le seau en bois de la princesse.

– Cette eau n'a pas l'air très propre, observa Cléa en fronçant les sourcils.

Camille poussa un gros soupir.

– Ce n'est pas de l'eau, rectifia-t-elle. C'est du chocolat !

2

Des choux au chocolat

Cléa ouvrit de grands yeux. Une fontaine qui donnait du chocolat... C'était merveilleux ! Pourtant, il lui sembla que Camille n'avait pas l'air enchantée.

– Tu ne le trouves pas bon ? lui demanda-t-elle, surprise.

– Oh si, il est délicieux, marmonna la princesse d'un ton lugubre. C'est le meilleur du monde.

Cléa goûta le liquide qu'elle avait sur les doigts. En effet, il était absolument succulent !

– Mmm ! fit-elle en se régalant. Je n'en ai jamais goûté d'aussi bon. Tu n'aimes pas ça ?

– J'adore, lui répondit la princesse. Mais nous avons un grave problème. Notre ville est en train de se transformer en chocolat !

– Qu'est-ce que tu veux dire ? questionna Cléa, interloquée.

Camille lui désigna un chien qui léchait le pied d'un lampadaire à l'angle du trottoir.

– Oh, c'est vrai ! souffla Cléa, stupéfaite. Ce lampadaire est en chocolat !

Camille hocha la tête. Cléa regarda de nouveau autour d'elle. En effet, ici et là, entre les maisons en briques et en bois, s'élevaient quelques bâtisses marron… couleur chocolat.

Deux enfants grignotaient un banc sur la place. Un petit garçon retira une brique d'une maison et se mit à la mâcher, tandis qu'un autre mordait dans un volet. Des gens se tenaient l'estomac en gémissant de douleur.

– Je n’aurais pas dû manger autant de chocolat ce matin, se plaignait une jeune fille à son amie. J’ai mal au ventre !

Tout a commencé il y a un mois, expliqua Camille à Cléa. D’abord une bougie, puis un écriteau. Chaque jour, de plus en plus de choses se changent en chocolat. Même les aliments ! Les gens en ont des indigestions.

À cet instant, un chariot tiré par un cheval déboucha sur la place, chargé de caisses de légumes.

– Regarde, Camille ! s'exclama Cléa. Voilà de la nourriture qui n'est pas en chocolat !

Le visage de la princesse s'illumina :

– C'est Bertrand le maraîcher !

Elle attrapa Cléa par la main et l'entraîna d'un pas vif vers le chariot :

– Vite ! Tout le monde va se précipiter pour lui acheter ses légumes !

– Bertrand est là ! Bertrand est là ! brailla quelqu'un.

Aussitôt, tous ceux qui se trouvaient sur la place se ruèrent vers le chariot, dans un bruit de sabots assourdissant. Cléa, qui courait sur les pas de Camille, dut se boucher les oreilles.

Le maraîcher, un jeune homme barbu coiffé d'un chapeau, se mit à décharger ses caisses.

– Chacun son tour ! lança-t-il à la foule qui se bousculait autour de lui. Mettez-vous en rang, s'il vous plaît. Et faites attention aux enfants et aux personnes âgées !

Les deux filles prirent place dans la file et Bertrand commença sa distribution. Une fois servis, les gens repartaient ravis, serrant contre leur cœur des carottes, des choux, des betteraves et des navets.

– Ouf, quel soulagement ! dit Camille. On va enfin manger un repas normal ce soir !

– Mais que s'est-il passé ? demanda Cléa. D'où vient tout ce chocolat ?

Camille soupira :

– Demain, le carnaval de Binche commence. C'est le plus célèbre de toute la Belgique, et le plus grand évènement de l'année. Il y a de la musique, des danses, des montagnes de friandises et d'oranges pour les enfants. Des gens très importants viennent du monde entier pour assister à cette énorme fête.

Cléa repensa à la décoration sur le plat de tante Clarisse et hocha la tête.

– Certains habitants portent de superbes costumes ornés de grelots, poursuivit la princesse. Ils ont des coiffes de plumes et des masques peints. C'est un spectacle magnifique, Cléa ! Mais cette année, au début des répétitions, il est arrivé une chose horrible !

– Quoi ? fit Cléa, les yeux écarquillés.

– Soudain, dans la foule, un homme a demandé le silence, raconta Camille avec un frisson. Il a déclaré qu'il était le plus grand maître chocolatier, et aussi un magicien. Il a menacé de changer toute la ville en chocolat si l'on n'annulait pas le carnaval. Évidemment, personne ne l'a cru !

– Et pourtant c'est ce qui est en train de se passer, conclut Cléa, les sourcils froncés. Mais pourquoi fait il une chose pareille ?

– On n'en sait rien, avoua Camille tout en avançant de quelques pas. Et on ne sait pas non plus d'où il vient. Il a surgi de nulle part !

À cet instant, Bertrand lança à ceux qui attendaient :

– Désolé, messieurs-dames ! Je n'ai plus rien à vendre !

Les gens s'éloignèrent, dépités, et les deux filles restèrent seules devant le chariot.

– Pas de chance, fit Camille d'un air abattu en regardant les cageots vides.

– Ne vous inquiétez pas, princesse, lui chuchota le maraîcher avec un grand sourire. Je vous en ai gardé !

Il plongea sous le chariot et en tira une caisse remplie d'endives, de carottes, de choux et de pommes de terre.

Camille battit joyeusement des mains.

– Oh, merci, Bertrand ! s'exclama-t-elle. C'est trop gentil !

Et, avec l'aide de son amie, elle fourra vivement les légumes dans son panier.

Bertrand s'inclina devant Cléa et lui tendit une carotte :

– Pour vous, mademoiselle.

– Merci beaucoup, dit Cléa en la glissant dans son panier.

– Où en êtes-vous avec les préparatifs pour le carnaval ? demanda la princesse au maraîcher.

– Mon masque est prêt, lui répondit-il. Vous voulez le voir ?

Les filles acquiescèrent et Bertrand prit un sac, d'où il sortit son masque.

Cléa l'examina attentivement. Il était en cire, délicatement peint, orné d'une moustache retroussée et d'une paire de lunettes.

– Bertrand fait partie des Gilles du carnaval, expliqua Camille. Ils sont choisis parmi les hommes importants et honorés de la ville. Ils portent un masque et un costume spécial, orné d'une ceinture de clochettes, avec un grelot sur la poitrine. Ils dansent au son du tambour, pour renvoyer les mauvais esprits de l'hiver dans la forêt, et ils distribuent des oranges aux enfants.

– Justement, j'ai réussi à en mettre de côté, annonça fièrement Bertrand.

Il rangea son masque avec précaution.

POP !

Une petite explosion fit sursauter Cléa, et un doux arôme emplit l'air autour d'eux.

– Ce bruit venait de ton panier, Camille, lui dit Cléa.

Tous trois se penchèrent sur le panier. L'un des choux luisants était devenu un chou en chocolat.

POP !

Cette fois, ce fut une carotte qui se transforma sous leurs yeux. Et une autre, et encore une autre, dans un concert de petites explosions. Lorsqu'elles cessèrent, tous les légumes de Camille étaient en chocolat.

– C'est la malédiction du chocolatier ! gémit la princesse, consternée.

3

Mauvaise surprise au palais

Cléa jeta un coup d'œil à sa carotte. Elle s'était transformée en chocolat.

– Il y a forcément un moyen d'arrêter ce chocolatier ! dit-elle à Camille. Je vais t'aider. À deux, on trouvera bien une idée.

– Oh, merci, Cléa ! répondit Camille avec reconnaissance. C'est très gentil de ta part. Viens avec moi au palais, je vais te présenter à ma mère.

Elles dirent au revoir à Bertrand. Puis elles s'éloignèrent.

Le palais royal se dressait juste à la lisière de la ville. C'était une bâtisse majestueuse, dont la porte d'entrée était décorée de hautes colonnes torsadées.

– Ce château est splendide ! s'exclama Cléa. Tu dois adorer vivre dans un endroit pareil, Camille.

Mais très vite elle s'aperçut que les colonnes étaient en chocolat. Elle remarqua même des traces de dents, là où des gens avaient commencé à les grignoter !

Elles pénétrèrent dans le palais.

– Oh, non, souffla la princesse en empruntant un long couloir. Des choses se sont transformées depuis ce matin.

En effet, les tableaux accrochés au mur n'étaient plus peints sur de la toile, mais gravés sur des plaques de chocolat.

Elles entrèrent dans la salle d'honneur. Cette pièce était magnifique, très haute de plafond, percée d'immenses fenêtres en ogive. À première vue, tout paraissait normal. Mais en s'approchant Cléa vit que des éléments du décor étaient en chocolat.

De petits groupes de courtisans se tenaient ici et là, observant d'un air grave les lourds rideaux, les tapisseries, les bibelots et les vases de fleurs en chocolat.

– Regarde-moi ce chandelier ! s'indigna la princesse. Et les armures !

Dans un coin de la salle, un feu brûlait dans une imposante cheminée.

Cléa sursauta en s'apercevant horrifiée que celle-ci avait également commencé à se changer en chocolat.

– Camille, dit-elle, tu n'as pas peur que la cheminée se mette à couler si... ?

Elle poussa un cri étouffé : le haut de la cheminée s'affaissait petit à petit.

Un bougeoir doré qui était posé sur la poutre vacilla. Cléa le rattrapa à la dernière minute.

– Oh, mon Dieu ! s'écria Camille. Peeters ! La cheminée est en train de fondre !

Un homme vêtu d'une livrée noir et blanc accourut armé d'un seau d'eau, dont il aspergea les flammes.

– Bravo ! le félicita Cléa en lui souriant. Vous avez été très efficace.

– J'ai disposé des seaux d'eau un peu partout dans le palais par sécurité, expliqua-t-il en s'essuyant le front avec un grand mouchoir blanc.

– Merci, Peeters, lui dit Camille, soulagée. Puis elle se tourna vers Cléa :

– Peeters est notre majordome. Je ne sais pas ce qu'on ferait sans lui.

Peeters rosit de plaisir, touché par ce compliment.

Prenant son amie par la main, Camille traversa la salle. Des groupes de courtisans s'inclinèrent bien bas sur leur passage.

Cléa vit alors un imposant trône en or au fond de la salle.

Une très belle femme y était assise, vêtue d'une riche robe de satin brodé et coiffée d'une couronne.

C'était certainement la mère de Camille, la reine de Belgique ! Elle paraissait si calme, si sûre d'elle, si majestueuse, que Cléa se sentit tout intimidée.

– N'aie pas peur ! lui chuchota Camille. Ce n'est que ma mère !

La princesse s'arrêta devant le trône royal et déclara :

– Maman, je te présente Cléa, ma nouvelle amie.

Cléa fit une révérence, le plus gracieusement qu'elle put.

– Bienvenue à Binche, ma chère Cléa, lui dit la souveraine en l'observant attentivement. C'est curieux, je ne t'ai jamais vue, et pourtant ton visage m'est familier. D'où viens-tu ?

– Eh bien... heu..., balbutia la fillette.

Elle ne savait pas trop comment expliquer la façon dont elle était arrivée à Binche.

– Lorsque j'avais ton âge, reprit la reine, ma meilleure amie s'appelait Clarisse. J'ai souvent parlé d'elle à Camille. Tu lui ressembles beaucoup.

– Clarisse est ma grand-tante ! s'exclama Cléa avec un sourire.

La reine lui retourna son sourire, qui avait la même douceur que celui de sa fille.

– Alors, tu es doublement la bienvenue, répondit-elle en se levant pour rejoindre les deux amies.

– Maman, lui murmura Camille, ce matin, je suis allée au marché chercher des légumes, mais ils se sont tous changés en chocolat !

Elle lui montra son panier.

La reine parut attristée, mais elle se reprit aussitôt et passa un bras autour des épaules de sa fille.

– Ne t'inquiète pas, la rassura-t-elle. Tout va finir par s'arranger, tu verras.

POP !

Une petite explosion résonna sèchement dans la grande salle, accompagnée d'une odeur de chocolat. Exactement comme au marché.

– Ha, ha, ha ! À votre place, je n'y compterais pas, croassa une voix aiguë et moqueuse.

Cléa se retourna.
Un homme grand et maigre se tenait à la porte, une cuillère en bois à la main. Son visage était barré d'une fine moustache en pointe. Il était vêtu de noir, portait une longue cape sur les épaules et une toque de cuisinier.

Lorsqu'il entra, un courant d'air glacé s'engouffra dans la salle, faisant frissonner Cléa.

– C'est lui, n'est-ce pas ? chuchota-t-elle à l'oreille de Camille. C'est l'horrible chocolatier ?

La princesse fit oui d'un signe de la tête.

4

La menace du magicien

Le chocolatier traversa la grande salle dans un silence total. S'arrêtant devant la cheminée, il éclata d'un rire de crécelle en voyant qu'elle commençait à s'effondrer.

– Vous connaissez pourtant la solution à vos problèmes, Majesté, déclara-t-il d'un ton hautain. Annulez le carnaval, et les choses rentreront dans l'ordre.

– C'est impossible, répliqua fermement la reine. Vous savez que le carnaval permet de chasser les mauvais esprits de l'hiver.

Si le printemps ne vient pas, les cultures ne pousseront pas et nous n'aurons rien à manger.

Le chocolatier haussa les épaules :

– Cela ne me concerne pas. Vous avez une nuit pour changer d'avis. Et, si vous maintenez le carnaval, tout à Binche deviendra en chocolat. Même vous !

Il pointa sa cuillère en bois droit sur la reine. Cléa entendit de nouveau le petit bruit d'explosion, et l'odeur de chocolat s'accentua.

Elle constata avec horreur que les doigts de la main gauche de la reine s'étaient transformés. La malédiction s'étendit rapidement, d'abord à ses bagues en or, puis aux manches de dentelle de sa robe et enfin à tout son bras gauche.

– Maman, non ! s'écria Camille.

Pendant quelques instants, la cour resta pétrifiée d'effroi. Enfin, Peeters le majordome sortit de la foule.

– Je vais vous faire cesser ce petit jeu ! gronda-t-il en se précipitant sur le sorcier.

– Hi, hi, hi ! gloussa ce dernier.

Sans bouger d'une semelle, il remua sa cuillère devant lui comme s'il mélangeait une sauce invisible. Aussitôt, une puissante odeur de chocolat l'enveloppa.

À la seconde où le majordome allait bondir sur lui, l'affreux personnage disparut dans un écran de fumée, en ricanant de sa voix aiguë. Peeters s'arrêta en se grattant la tête d'un air perplexe.

Le chocolatier s'était volatilisé.

– Oh, maman, qu'est-ce qu'il t'a fait ? s'écria Camille, consternée.

Elle se jeta au cou de sa mère, qui ne put la serrer contre elle, à cause de son bras en chocolat.

Cléa se mordit la lèvre. Elle voyait bien que son amie était désemparée. Elle aurait tant voulu l'aider, mais que faire contre une magie aussi puissante ?

– C'est une catastrophe, déclara tristement la reine. Beaucoup de gens importants viennent du monde entier assister au carnaval. Ils seront bientôt là pour le banquet. Lorsqu'ils verront ce qui se passe à Binche, tout le pays sera ridiculisé !

Pendant ce temps, Peeters, agenouillé devant la cheminée, tapotait le tapis ancien avec son mouchoir.

– Cet infâme individu a laissé des empreintes en chocolat partout sur le tapis ! grommela-t-il, furieux. Je vais devoir faire venir des spécialistes pour le nettoyer avant l'arrivée des invités !

– Merci, Peeters, lui dit la reine. Quant à moi, je dois m'assurer que tous les préparatifs du banquet se déroulent comme il convient. Malgré les menaces de ce chocolatier, le carnaval aura bien lieu.

Et elle sortit d'un pas majestueux, suivie des courtisans.

Dès que Camille et Cléa se retrouvèrent seules, la princesse fondit en larmes.

– Oh... Cléa, bredouilla-t-elle à travers ses sanglots. J'essaie de me montrer courageuse devant ma mère, mais si tu savais comme j'ai peur ! Je ne veux pas qu'elle soit changée en chocolat ! Et je ne veux pas être obligée de ne manger que du chocolat. Je ne veux pas tomber malade comme les habitants de Binche !

Cléa glissa un bras autour de ses épaules pour la réconforter. À cet instant, son regard tomba sur les traces de pas du chocolatier.

Il n'y en avait pas que sur le tapis ! Elles dessinaient un chemin jusqu'à la porte de la grande salle. Tout à coup, une idée germa dans la tête de Cléa.

– Camille, je viens de penser à quelque chose ! s'exclama-t-elle. On pourrait aller le trouver et tenter de le raisonner !

– Mais on ne sait même pas où il habite, objecta la princesse.

Cléa désigna les empreintes :

– Ses traces de pas vont nous conduire jusqu'à lui !

Camille suivit un instant des yeux les taches éparpillées sur le parquet.

– Bravo, Cléa ! approuva-t-elle. Mais comment va-t-on le convaincre d'annuler la malédiction ?

Cléa réfléchit.

– Si on lui proposait de défiler demain avec les Gilles ? proposa-t-elle au bout d'un moment. Comme ce sont les personnalités les plus respectées de Binche, il se sentira important. Ça devrait lui plaire !

Le visage de la princesse s'illumina :

– C'est une très bonne idée, Cléa. Allons-y !

5

Une escalade périlleuse

Les deux amies quittèrent la salle. Elles prirent le couloir et sortirent du palais. Cléa craignait que les empreintes s'arrêtent soudainement. Mais, presque tout de suite, elle vit qu'elles longeaient une ruelle et s'éloignaient dans la ville.

– Par ici, Camille ! lança-t-elle à la princesse.

Bientôt, les filles se retrouvèrent sur un petit chemin qui s'enfonçait dans la campagne. Autour d'elles, des vaches broutaient dans les champs.

– Regarde, Cléa ! C'est horrible ! s'écria soudain Camille, consternée. Même le trèfle est un train de se changer en chocolat. Si ça continue, les vaches n'auront bientôt plus rien à manger.

– Tiens, on dirait que la piste se dirige vers la forêt, observa Cléa.

Un bois se dressait devant elles, sombre et inquiétant.

À peine les deux amies étaient-elles parvenues à l'ombre des premiers arbres qu'elles furent saisies par le froid.

– Personne à Binche n'aime cette forêt, dit Camille avec un frisson. Elle est sinistre et tellement glaciale !

Les fillettes se prirent par la main pour se donner du courage. Elles respirèrent un grand coup et pénétrèrent dans la forêt.

L'épais feuillage masquait entièrement le soleil. Cléa eut l'impression d'être dans un réfrigérateur.

Elles avançaient depuis quelque temps quand les traces s'interrompirent brusquement. Cléa se pencha en plissant les yeux, mais elle n'arrivait plus à distinguer le sentier caché par les herbes.

– On ne retrouvera jamais ce chocolatier ! soupira Camille, découragée.

Mais Cléa n'était pas prête à renoncer. Elle s'agenouilla et balaya l'herbe avec ses mains, à la recherche d'une empreinte. En vain.

Soudain, un merveilleux arôme lui emplit les narines. Elle huma l'air.

– Mmm, ça sent drôlement bon par ici ! s'exclama-t-elle.

– Oooh, non, gémit Camille. Pas encore du chocolat !

Mais les pensées de Cléa s'étaient mises à tourner à toute vitesse :

– Attends un peu… Si ça sent le chocolat, c'est qu'on approche du but !

Elle adressa un grand sourire à son amie et bondit sur ses pieds :

– J'ai compris ! Ce n'est plus ses empreintes qu'il faut suivre, c'est l'odeur !

Elles se remirent en marche, guidées par le délicieux arôme qui devenait de plus en plus fort. Cléa s'arrêta bientôt sous un énorme chêne afin d'inspecter les alentours.

– Il ne doit plus être loin, maintenant, déclara-t-elle.

Camille regardait en l'air.

– C'est très curieux, Cléa, dit-elle soudain d'un ton surpris. Cet arbre brille !

Son amie leva la tête à son tour. C'était vrai ! Il luisait et étincelait d'une lumière dorée. Quelque chose tout en haut était à demi caché par le feuillage. C'était une belle cabane, faite de plusieurs petites huttes reliées entre elles par des passerelles en bois.

Elles avaient des toits et des fenêtres en ogive.

– Je crois qu'on a trouvé la maison du chocolatier ! lança triomphalement Cléa. Montons voir s'il est chez lui !

Elle essaya de saisir une branche. Mais même la plus basse était trop haute pour elle.

– Tu peux me faire la courte échelle ? demanda-t-elle à la princesse.

Camille croisa les doigts pour former un marchepied. Cléa ôta ses sabots, monta et regarda en l'air. À cet instant, une étincelle attira son regard.

– Tu as vu ? Un minuscule grelot est attaché au bout de cette branche.

– Mais oui ! Et il y en a partout ! observa Camille. Voilà pourquoi l'arbre brille.

Cléa s'approcha du grelot et le détacha.

– À mon avis, le chocolatier les a accrochés là pour être averti si quelqu'un essaie de grimper dans son arbre, supposa-t-elle. Il ne faut pas qu'il nous repère. On va devoir les enlever en montant.

Elle posa le grelot dans un creux du tronc en l'empêchant de tinter.

Puis elle se hissa sur la première branche et tendit une main à Camille pour l'aider. Ensuite, en rampant, les deux filles enlevèrent tous les grelots sur leur passage. Elles les déposaient dans de petits creux du tronc au fur et à mesure qu'elles progressaient.

– Plus qu'une seule clochette ! chuchota enfin Cléa.

En espérant que le chocolatier ne la voie pas depuis sa cabane, elle glissa avec précaution vers le bout de la branche.

À un moment, elle regarda en bas. Elle le regretta aussitôt : elle était à plus de dix mètres du sol. Elle n'avait pas intérêt à perdre l'équilibre ! Elle leva le bras vers le dernier grelot.

Soudain, une rafale de vent glacial secoua l'arbre. Et la branche de Cléa se balança dangereusement. Surprise, la fillette vacilla. Son pied glissa. Elle tomba avec un cri aigu… et se rattrapa à la dernière seconde.

Camille, horrifiée, poussa un cri étouffé.

Le cœur battant, Cléa tentait de reprendre son souffle, suspendue au-dessus du vide.

Au même moment, un craquement sinistre se fit entendre. La branche à laquelle elle s'agrippait se courbait de plus en plus et menaçait de céder sous son poids.

– Oh, non, gémit Camille, blanche comme un linge. Ça ne va pas tenir !

Cléa avala sa salive. Si la branche cédait, elle s'écraserait dix mètres plus bas.

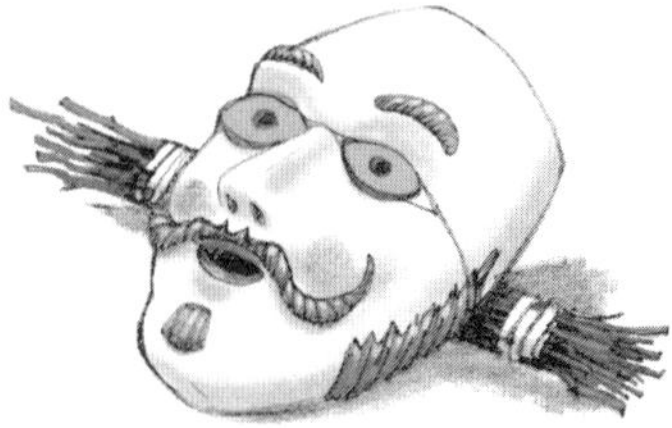

6

L'antre du chocolatier

Dans un horrible grincement, la branche se détacha encore un peu plus du tronc.

Camille, qui se trouvait un peu plus haut, rampa le plus vite possible en direction de Cléa. Une fois au-dessus de sa tête, elle se mit à plat ventre et lui tendit une main :

– Attrape, Cléa !

Celle-ci inspira à fond, et se lâcha d'une main afin de saisir celle de la princesse. Pile à cet instant, la branche craqua pour de bon et alla se fracasser par terre, loin au-dessous d'elles.

Camille tira de toutes ses forces et réussit à hisser son amie en sécurité.

– J’ai eu si peur ! dit Cléa, hors d’haleine, tandis que la princesse la serrait contre elle. Merci, Camille. Espérons que le chocolatier ne nous a pas entendues.

Elles levèrent des yeux inquiets vers la cabane : aucun signe de l’affreux sorcier.

Alors, elles gagnèrent le sommet de l’arbre et empruntèrent la passerelle jusqu’à la hutte principale. Sa porte était ornée d’une grosse cuillère en bois.

Tout doucement, Cléa tourna la poignée.

– C’est ouvert ! chuchota-t-elle.

Quand elle poussa la porte, un courant d’air glacé leur souffla à la figure, les faisant frissonner de la tête aux pieds.

Cléa entra, suivie de près par Camille. Dans la maisonnette, il faisait encore plus froid que dans la forêt. Les murs étaient recouverts de glace et des stalactites pendaient du plafond.

– Je... je suis gelée, bredouilla la princesse en grelottant. On aurait dû mettre des gants et une écharpe !

– Tu te souviens comme la température a baissé au moment où le chocolatier est entré dans le palais ? lui rappela Cléa. S'il fait aussi froid ici, ça veut sûrement dire qu'il est tout près.

Elles explorèrent prudemment la cabane. Elle était envahie par la poussière et les toiles d'araignées.

Des dizaines d'étagères croulaient sous les bocaux et les flacons remplis de poudres et de potions. Et partout, sur le plancher, entre les bocaux, sur les vieux meubles, traînaient des pelures d'orange.

– Quel bazar ! murmura Cléa. Moi qui croyais que mon frère était le champion de la pagaille ! C'est bien pire ici !

Soudain, Camille lui agrippa le bras.

– Écoute ! chuchota-t-elle. J'ai entendu quelque chose !

Les deux amies s'immobilisèrent. La voix du chocolatier résonna dans la cabane. Il récitait une sorte de formule magique.

Praliné noisette, ganache ou moka,
Va, fonds sur la flamme, bous dans le chaudron,
Chocolat par-ci, chocolat par-là,
Embaume partout, du sol au plafond…

– On a d'abord trouvé notre chemin grâce à nos yeux, puis grâce à notre nez. Et maintenant, ce sont nos oreilles qui nous guident ! constata Camille.

Elles se dirigèrent vers la voix, qui répétait son incantation encore et encore.

Au bout de l'une des passerelles, une porte était entrouverte. Camille et Cléa risquèrent un coup d'œil prudent dans la hutte.

Elles virent le chocolatier au-dessus d'un gros chaudron posé sur le feu. Armé de sa cuillère en bois, il touillait du chocolat. Les deux amies s'efforçaient de ne faire aucun bruit, mais Cléa sentit son nez la chatouiller… et ne put s'empêcher d'éternuer.

Le Chocolatier se retourna vivement et les fixa de ses petits yeux froids.

– Qui vous a permis d'entrer chez moi ? aboya-t-il.

Il marcha droit sur les filles en brandissant sa cuillère, prêt à leur jeter un sort :

– Quelle audace ! Vous allez le regretter !

La princesse prit son courage à deux mains.

– S'il vous plaît, déclara-t-elle, attendez. Si vous acceptez d'annuler votre malédiction, nous pouvons vous offrir quelque chose de très important en échange.

Le chocolatier haussa ses sourcils noirs :

– Et que pensez-vous donc me proposer ?

– La chance d'être un Gille au carnaval, lui répondit Cléa.

Il les regarda d'un air stupéfait, avant d'éclater d'un rire méchant :

– Hi, hi, hi ! Petites sottes ! Moi, un Gille ? Pour porter un masque idiot et de stupides plumes sur la tête ? C'est la dernière chose au monde que j'aurais envie d'être !

Il leva de nouveau sa cuillère d'un air menaçant :

– Vous me faites perdre mon temps. Pour la peine, je vais vous changer en chocolat !

Cléa saisit Camille par la main.

– COURS ! hurla-t-elle.

Les filles sortirent en trombe et foncèrent sur la passerelle, le chocolatier sur les talons.

Cléa, terrifiée, sentait son cœur cogner dans sa poitrine en descendant de l'arbre à toute allure.

– Où sont mes grelots ? rugit le chocolatier en découvrant leur disparition.

Cléa et Camille ne s'arrêtèrent pas pour répondre. Une fois sur la terre ferme, elles prirent leurs jambes à leur cou et s'élancèrent dans les bois.

– Qu'est-ce qu'on va faire maintenant ? demanda Camille sans ralentir.

– On retourne à Binche, répondit Cléa en haletant. On trouvera un autre moyen d'arrêter ce chocolatier !

Aussi vite que possible, elles traversèrent la forêt et reprirent le chemin de la ville. Cléa n'osait pas regarder par-dessus son épaule. Mais le souffle glacé qu'elle sentait dans son cou lui disait que leur poursuivant gagnait du terrain.

En atteignant la ville, elle jeta un rapide coup d'œil derrière elle. Le chocolatier était toujours à leurs trousses, brandissant furieusement sa cuillère en bois.

Les passants regardaient passer les filles avec étonnement. Puis ils reculaient, saisis de crainte, en voyant le sorcier.

– Écartez-vous ! braillait ce dernier.

Il pointa sa cuillère sur une maison. La cheminée, la porte et les fenêtres se changèrent aussitôt en chocolat.

Lorsque Cléa et Camille déboulèrent sur la grand-place, elles dérapèrent. Depuis leur départ, les pavés s'étaient transformés ! Cléa réussit de justesse à se redresser.

– Dépêche-toi, Camille ! lança-t-elle à la princesse. Cours à la fontaine et, quand je crierai « vas-y ! », commence à pomper !

Son amie hocha la tête et se précipita vers la pompe en patinant sur les pavés. Cléa vit le chocolatier arriver à l'angle de la place. Il était temps d'agir. Elle fit semblant de glisser et s'affala par terre.

– Hi, hi, hi, fit le sorcier de son rire de crécelle. Cette fois, je te tiens !

Et il fonça droit sur elle. À l'instant où il tendait la main pour l'attraper, Cléa se retourna vers Camille et cria :

– Vas-y !

La princesse appuya à fond sur le levier... Mais rien ne se passa. Elle avait oublié que, la dernière fois, elles avaient dû unir leurs forces pour faire marcher la pompe !

Camille pesa de tout son poids dessus. Enfin, un flot de chocolat en jaillit.

L'épais liquide s'écoula jusqu'au sorcier, le prenant par surprise.

– À l'aide ! cria-t-il.

Entraîné par la vague, il tomba sur le derrière sous les rires des passants.

Pendant ce temps, Cléa s'était relevée. Les deux amies repartirent en courant en direction du palais.

Assis dans une mare de chocolat, le sorcier brandit le poing en rugissant :

– Il vous reste une nuit avant que je change toute la ville en chocolat ! Même votre mère, princesse Camille !

7

La grande inondation

Ce soir-là, Camille et Cléa se joignirent à la procession des courtisans qui se rendaient au banquet. La reine marchait devant, son bras en chocolat recouvert d'un long gant écarlate. La princesse portait une robe de soirée jaune et en avait prêté une superbe en satin bleu à Cléa.

Dans la grande salle, une foule d'invités du monde entier étaient déjà installés autour d'une longuc table. Tous se levèrent à l'arrivée de la souveraine, qui se dirigea vers le bout de la table.

Les hommes s'inclinèrent profondément et les femmes firent la révérence. Peeters accourut pour tirer la chaise de la reine, puis chacun reprit sa place.

– Mets-toi à côté de moi, Cléa, dit Camille.

Cléa s'assit et posa un regard perplexe sur les fourchettes, les couteaux et les cuillères disposés autour de son assiette. Il y en avait tellement qu'elle en louchait presque. À quoi pouvaient bien servir autant de couverts ?

– En entrée, nous vous proposons un cocktail de crevettes roses au chocolat noir ! annonça Peeters.

– Très original, commenta poliment un maharadjah coiffé d'un turban rose vif.

Camille et Cléa échangèrent un coup d'œil consterné, tandis que les serviteurs apportaient les plats.

L'un d'eux déposa une assiette devant Cléa. Des fruits de mer au chocolat ? Beurk !

Ça n'était vraiment pas appétissant. Elle en prit une bouchée, mais fut incapable de continuer.

– Votre Majesté, déclara un invité français placé non loin de la reine, votre parfum est tout à fait exquis.

– C'est le duc d'Orléans, murmura Camille à l'oreille de Cléa.

– Oh, merci, monsieur le duc, répondit la reine. Ce parfum a été créé spécialement pour moi. Il s'appelle Cacao Chanel.

Cléa se mordit la lèvre pour ne pas glousser.

Bientôt, Peeters revint, suivi d'une file de domestiques qui portaient des plateaux en argent recouverts de cloches.

– Et voici le plat principal : chocolat à la bolognaise ! annonça le majordome.

Une comtesse russe assise en face de Cléa gémit en voyant son assiette.

– Encore ! se plaignit-elle à voix basse. N'est-ce pas un peu exagéré ?

Cléa se tourna vers Camille, qui fit signe à Peeters de s'approcher :

– Peeters, que mange-t-on au dessert ?

– Un gâteau au chocolat avec une boule de glace au chocolat, balbutia le majordome.

La comtesse verdit. Cléa elle-même commençait à avoir mal au cœur rien qu'à l'idée de manger du chocolat. Elle n'aurait jamais cru cela possible !

Elle se força à avaler un peu de bolognaise, avant de renoncer.

Pour s'occuper, elle se mit à jouer avec ses couverts. Elle revit alors en pensée le chocolatier brandissant sa cuillère comme une baguette magique.

Et, brusquement, elle eut une idée.

– Camille ! chuchota-t-elle, tout excitée. Je crois que j'ai trouvé comment arrêter le chocolatier ! S'il n'a plus sa cuillère en bois, il ne pourra plus jeter de sort ! Il suffit de la lui voler !

Le lendemain matin, le soleil brillait et il faisait très doux. Par les fenêtres du palais, Cléa voyait les arbres en bourgeons et les oiseaux qui chantaient dans les branches.

« On dirait que le printemps est prêt à arriver, songea-t-elle. Mais, si mon plan échoue, il faudra annuler le carnaval et l'hiver reviendra pour de bon. »

Les deux amies sortirent de bonne heure, et restèrent stupéfaites. Des rues entières s'étaient affaissées et certains endroits baignaient dans un lac de chocolat. Camille comprit vite ce qui s'était passé.

– Le soleil fait fondre tout le chocolat ! s'exclama-t-elle. Binche est inondé !

Les filles coururent jusqu'aux limites de la ville, et s'arrêtèrent net. Des petits enfants s'éclaboussaient dans une grande mare de chocolat avec des cris de joie. Dans les rues, les habitants pagayaient sur des radeaux fabriqués avec des portes ou des tables.

Certains se déplaçaient dans leurs parapluies retournés.

Beaucoup s'affairaient à sauver des gens bloqués dans leurs maisons qui fondaient.

Au bord du lac de chocolat, les deux amies contemplaient le désastre d'un air effaré.

– Comment va-t-on aller dans la forêt pour voler la cuillère du chocolatier ? demanda Camille. On ne peut pas nager là-dedans !

– Princesse ! Par ici ! cria alors une voix.

C'était Bertrand le maraîcher. Il leur faisait signe en agitant son chapeau. Il avait renversé son chariot à l'envers et l'utilisait comme un bateau. Il se hâta de les rejoindre à la rame.

– Sautez à bord ! leur lança-t-il. Je vais vous faire traverser le lac.

– Merci, répondirent les filles en chœur tout en montant dans le chariot.

– Quelle catastrophe ! soupira Bertrand. Nous qui attendions le printemps avec tant d'impatience, maintenant qu'il arrive, il fait fondre notre belle ville !

Cléa fronça les sourcils. Elle venait de se rappeler une chose que la princesse lui avait expliquée : les Gilles, les personnages les plus importants du carnaval, défilaient au son du tambour pour chasser les esprits malins de l'hiver.

D'un seul coup, tous les éléments du mystère se mirent en place dans sa tête.

– Camille, tu m'as bien dit que personne ne sait pourquoi le chocolatier a jeté un sort sur la ville ?

La princesse acquiesça.

– Eh bien, à mon avis, reprit Cléa, il fait partie des esprits malins de l'hiver ! Sinon, pourquoi ferait-il toujours froid autour de lui ?

– Tu as raison ! s'exclama Camille, tout excitée. Ça expliquerait pourquoi il veut supprimer le carnaval… Parce que les tambours des Gilles l'empêcheraient de sortir de la forêt jusqu'à l'an prochain ! Mais, alors, on n'a plus besoin de lui voler sa cuillère. Le plus important, c'est que le carnaval ait lieu, même si la ville entière nage dans un lac de chocolat !

– Exactement ! confirma Cléa. Et, si on arrivait à attirer le chocolatier au défilé, peut-être que les tambours le chasseraient de la ville pour toujours !

– En tout cas, il faut absolument maintenir le carnaval, dit Camille. Bertrand, pouvez-vous nous ramener au bord du lac ?

– Avec plaisir princesse, répondit le maraîcher en se mettant à ramer dans l'autre sens.

8

Un chemin semé d'oranges

De retour sur les bords du lac, les deux filles remercièrent Bertrand pour son aide et rentrèrent au palais.

On servait le petit déjeuner dans la grande salle. Comme la veille, tous les invités étaient assis à la table présidée par la reine. Camille et Cléa allèrent prendre place parmi eux.

– Je ne vois vraiment pas comment attirer le chocolatier en ville au bon moment, chuchota la princesse avec nervosité. Qu'est-ce qu'on va faire ? Le temps presse !

– Je sais, c'est terrible, répondit Cléa. Mais ne t'inquiète pas, on va trouver !

Mais elle avait beau essayer de rassurer son amie, aucun plan ne lui venait à l'esprit.

Peeters arriva de la cuisine chargé d'un énorme plateau d'oranges.

– D'où viennent ces fruits ? lui demanda Camille, surprise. Je croyais qu'il ne restait rien d'autre à manger que du chocolat.

Le majordome lui fit un clin d'œil :

– J'ai un frère qui habite à Valence, en Espagne. Il me les a livrées spécialement pour le carnaval.

– Heureusement que vous êtes là, Peeters ! s'exclama la princesse.

Les invités se réjouirent en voyant les serviteurs commencer à couper les oranges afin d'en presser le jus.

– Magnifique ! murmura la comtesse russe à Cléa. J'avais très peur qu'on nous serve encore du chocolat !

À ces mots, le visage de Cléa s'illumina. Elle tenait son idée !

– Arrêtez ! cria-t-elle soudain. Ne touchez surtout pas aux oranges !

Tous les yeux se tournèrent vers elle.

– Mais pourquoi donc ? demanda le duc français d'un air désolé. Elles ont l'air si juteuses que j'en ai l'eau à la bouche. S'il vous plaît, ne peut-on en avoir juste un petit quartier ?

Cléa se précipita vers la reine, suivie de Camille, qui n'y comprenait rien.

– Votre Majesté, lui dit-elle à l'oreille, s'il vous plaît, ne les laissez pas manger les fruits ! Il nous en faut le plus possible pour nous débarrasser une fois pour toutes du chocolatier !

– Comment comptes-tu t'y prendre ? questionna la reine, perplexe.

Il adore les oranges, lui expliqua Cléa. Et on pense qu'il fait partie des esprits malins de l'hiver. Si on arrive à l'attirer au carnaval grâce à ces oranges, les tambours le chasseront de Binche pour toujours.

– Et comment savez-vous ce qu'aime le chocolatier ?

– Oh, maman, ne te fâche pas, intervint Camille. Cléa et moi, on est allées dans sa cabane. Et il y avait des pelures d'oranges partout chez lui !

Sa mère ne put réprimer un sourire.

– Je ne suis pas fâchée, Camille, lui dit-elle. Même si vous avez eu tort de prendre un tel risque, je trouve votre idée merveilleuse ! Je vais demander à Peeters de remporter les fruits en cuisine.

À cet instant, un lord anglais interrompit leur conversation.

– Excusez-moi, Majesté, dit-il très poliment. Pourrais-je avoir mon jus d'orange, maintenant ?

La reine secoua la tête d'un air désolé :

– Je regrette, nous en avons absolument besoin. Puis-je vous proposer du chocolat chaud à la place ?

Les invités, déçus, se mirent à marmonner.

– Je les comprends, commenta la reine, embarrassée. Mais il n'y a pas de temps à perdre. Il faut trouver une solution pour faire venir le chocolatier

– J'ai une idée, Votre Majesté ! s'exclama Cléa. Voici comment nous allons procéder…

Après le petit déjeuner, Cléa quitta seule le palais et traversa la ville à bord d'une vieille barque, dénichée par Peeters dans les écuries. Elle emportait avec elle un gros sac d'oranges.

« Il faut que ça marche », songea-t-elle en atteignant l'autre rive.

Vite, elle prit les fruits et se hâta sur le chemin de la forêt, vers l'arbre du chocolatier.

Arrivée sous la cabane, Clea déposa une orange au pied du tronc. Puis elle repartit en sens inverse, en dispersant des fruits ici et là.

Lorsqu'elle eut regagné le lac, tout le chemin depuis la maison du chocolatier était semé d'oranges.

Elle remonta dans la barque et attendit, en serrant entre ses mains son dernier fruit. Le chocolatier allait-il suivre la piste ?

Peu de temps après, elle entendit des pas dans les bois et sentit son pouls s'accélérer.

Un instant plus tard, le chocolatier sortit de la forêt. Il mangeait goulûment une orange, tout en se jetant sur la suivante. Il la pela et la fourra dans sa bouche avant d'en prendre une troisième.

– Quel régal ! disait-il joyeusement de sa voix aiguë. Des oranges et du chocolat ! Le mariage idéal !

Chaque fruit ramassé le rapprochait un peu plus de Cléa. Il allait peler le dernier quand elle lui cria :

– Regardez ! Il m'en reste une ! Elle est à vous, si vous la voulez.

Le chocolatier gloussa bruyamment.

– N'as-tu pas honte de vouloir me piéger, horrible gamine ? lui lança-t-il, la bouche pleine. Et me crois-tu assez bête pour me faire avoir par une ruse aussi grossière ?

La fillette jeta un coup d'œil par-dessus son épaule. Comme prévu, Camille arrivait en ramant sur le chariot de Bertrand, chargé de toutes les oranges du palais.

Cléa se retourna pour observer la réaction du chocolatier. Il regardait la montagne de fruits avec des étincelles d'envie dans les yeux. Quant à Camille, elle passa devant eux et poursuivit tranquillement son chemin sur le lac.

– Vite ! hurla le chocolatier en sautant dans la barque de Cléa. Rattrape la princesse ! Il me faut ces oranges !

Aussitôt, Cléa se mit à pagayer derrière Camille.

Pour le moment, leur plan fonctionnait à merveille.

Mais elles n'étaient pas encore au bout de leurs peines !

En suivant le radeau de la princesse, Cléa et le chocolatier parvinrent bientôt sur la grand-place, inondée de chocolat. Les arbres et les maisons fondaient lentement au doux soleil du matin.

Désert et silencieux, l'endroit était bien différent du marché animé que Cléa avait découvert à son arrivée.

Seule la reine se trouvait là, debout sur le balcon de l'hôtel de ville qui menaçait de s'effondrer.

En voyant la place dans cet état, le chocolatier oublia un instant les oranges et éclata de rire.

– J'ai gagné ! J'ai gagné ! entonna-t-il gaiement. Le carnaval a été annulé !

Et il se mit à danser dans la barque tout en éclaboussant Cléa de chocolat.

Celle-ci leva les yeux vers la reine.

Il n'y avait plus qu'à espérer que la dernière partie du plan allait marcher.

9

Le pouvoir des tambours

Du haut du balcon de l'hôtel de ville, la reine leva sa main gantée. C'était le signal !

Alors, des radeaux surgirent de toutes les rues voisines. Chacun transportait des Gilles masqués en costume traditionnel rouge, jaune et noir. Parmi eux, Cléa reconnut Bertrand, dont la barbe dépassait sous son masque. Ils étaient entourés par des joueurs de tambour.

– Nooon ! gémit le Chocolatier. Je n'y crois pas… C'est le carnaval !

Son visage se décomposait au fur et à mesure que les Gilles affluaient sous le balcon.

Bertrand tendit un tambour à la reine, et Camille, sur son radeau, s'approcha de Cléa pour lui en donner un. Tous se mirent à frapper sur leurs instruments dans un bruit assourdissant.

Le chocolatier se boucha les oreilles.

– Vous ne vous débarrasserez pas de moi aussi facilement ! tonna-t-il en trépignant.

Mais la foule continuait son tintamarre.

– Va-t'en ! lui lança Cléa. Binche en a assez de tes manigances !

Soudain, un nuage de fumée jaillit autour du chocolatier et l'enveloppa entièrement.

On entendit comme un grésillement, suivi d'un cri de rage. Quand le nuage se dissipa, le sorcier s'était volatilisé.

Les Gilles poussèrent des exclamations de triomphe.

– Regardez, le chocolat disparaît aussi ! s'écria Camille.

Elle avait raison. Cléa sentit sa barque descendre en douceur sous ses pieds, jusqu'à se poser sur le sol. Autour d'elle, les autres embarcations en faisaient autant. Le lac de chocolat s'était évaporé.

Cléa sauta à terre et se retrouva sur de vrais pavés en pierre. Sous les yeux des habitants, les maisons redevenaient en brique, les lampadaires en métal, et les bancs en bois.

Au bout de quelques instants, il n'y eut plus une trace de chocolat sur la place, qui avait repris son apparence habituelle.

Folle de joie, Camille se jeta au cou de Cléa :

– On a réussi ! Et c'est grâce à toi !

Elle la prit par la main et l'entraîna dans l'hôtel de ville pour rejoindre sa mère sur le balcon.

Tous les habitants sortirent en masse de leurs maisons et applaudirent en poussant des cris de triomphe. En quelques minutes, la place fut remplie de gens qui fêtaient la défaite du chocolatier.

Du haut du balcon, Cléa et Camille savouraient ce joyeux spectacle.

– Vive Sa Majesté ! cria quelqu'un. Hourra pour le carnaval de Binche !

La reine sourit en serrant les deux filles contre elle. Puis elle retira son long gant écarlate et salua la foule. Son bras était redevenu parfaitement normal.

– Mon cher peuple, dit-elle, notre ville a retrouvé sa tranquillité. Le carnaval peut avoir lieu ! Les Gilles et les joueurs de tambour ont chassé le chocolatier à jamais !

Des acclamations s'élevèrent dans la foule.

– Mais si nous avons réussi, reprit la reine, c'est grâce au courage de ma fille, la princesse Camille, et de son amie Cléa. Elles méritent notre plus grande reconnaissance !

Les habitants de Binche, Gilles en tête, applaudirent à tout rompre et les deux filles répondirent par une profonde révérence.

– D'une minute à l'autre, nos invités étrangers vont arriver du palais, poursuivit la reine. Nous allons pouvoir leur montrer quel endroit merveilleux est la ville de Binche ! Aujourd'hui, pour célébrer le carnaval, il y aura de la salade et des légumes à volonté pour tous ! Je déclare le carnaval ouvert !

La foule accueillit ce discours par des hurlements de joie. Tandis que la reine sortait de l'hôtel de ville, escortée par Bertrand et les autres Gilles, Cléa se tourna vers son amie.

– J'adorerais rester pour le carnaval, Camille, lui dit-elle à regret. Mais je dois partir, maintenant.

– Oh, Cléa, comment te remercier pour tout ce que tu as fait ? s'exclama la princesse. Promets-moi de revenir me voir !

– Oui ! répondit Cléa. Dis au revoir pour moi à ta mère, à Peeters et à Bertrand…

À peine avait-elle prononcé ces mots qu'une brise légère tournoya autour d'elle. Une seconde plus tard, elle était soulevée de terre par un tourbillon. Elle eut juste le temps d'entendre les paroles d'adieu de Camille :

– Au revoir, Cléa ! Reviens vite à Binche !

Avant qu'elle ait pu reprendre sa respiration, Cléa était de retour dans la cuisine du château. Tout y était exactement comme elle l'avait laissé. Les brownies refroidissaient dans le plat en argent. Sa mère et son frère étaient toujours à l'étage. L'horloge indiquait qu'il s'était écoulé à peine quelques minutes depuis son départ.

Il y eut des bruits de pas dans l'escalier et Lucas entra dans la cuisine, sans moustache de chocolat, cette fois.

– J'ai un peu mal au ventre, se plaignit-il à sa sœur.

Cléa ne put retenir un petit rire.

– Voilà ce qui arrive quand on mange trop de chocolat ! répliqua-t-elle. Finalement, les légumes, ça a du bon, parfois, non ?

– C'est vrai, admit son frère. Ça ne doit pas être marrant de manger tout le temps la même chose. Même du chocolat…

– Je suis bien d'accord avec toi !

Elle jeta un coup d'œil sur la gravure qui décorait le plat, et vit qu'un grand sourire illuminait le visage de la princesse Camille. Cléa sourit à son tour.

Elle n'oublierait jamais son aventure chocolatée à Binche !

FIN

Si tu as aimé ce livre, tu peux lire d'autres histoires dans la collection

Le château magique